Le soir
du grand match

Pour Nicolas et Nathan

Responsable de la collection : Frédérique Guillard
© Éditions Nathan (Paris-France), 1998

HUBERT BEN KEMOUN

Le soir
du grand match

Illustrations de François Avril

NATHAN

un

Deuxième mi-temps

Iₗ courait.

Depuis le rond central où il venait d'intercepter le ballon, il courait. Petite tache bleu marine sur la pelouse immense, il galopait vers le but adverse.

Éric se redressa sur la banquette du salon et cria en serrant les poings :

– Il va aller au bout !

Samuel et moi étions figés. Nos regards scotchés sur l'écran, nous poussions Cristobal à aller au bout... au but.

Il courait toujours, notre numéro dix !

Après avoir dribblé le dernier Blanc qui tentait de le stopper, il se présenta seul devant le goal. Celui-ci s'était avancé à sa rencontre pour lui fermer l'angle de tir, mais Cristobal, d'un habile jonglage du pied droit, esquiva l'obstacle.

– Wouah ! souffla Samuel, la bouche grande ouverte. Il va marquer, bon sang, il va marquer !

Dans le dos de Cristobal, l'arrière blanc, humilié par le petit pont, rappliquait à toutes jambes. Un tueur ! Il fonçait sur notre attaquant pour le descendre, quitte à récolter un penalty ou une expulsion. Il arriva trop tard. Cristobal piqua le cuir du bout du pied. Le ballon s'éleva au-dessus du goal crucifié bras tendus... lobé... battu...

Battu !!!

Le ballon avait à peine passé la ligne que nous étions debout, hurlant de joie.

– Hourra !!!

Par la fenêtre ouverte, la même clameur explosa dans tout le quartier. Elle résonna à travers les rues, rebondit contre les façades, s'éleva dans la nuit étoilée de l'été.

– Cristobal !!! Cristobal !!!

En bas, dans la rue, le patron du Café des Griffons avait installé une télévision grand écran sur le trottoir. Ses clients, eux aussi, tonnaient en chœur :

– Cristobal !!! Cristobal !!!

Un clairon sonna un air de victoire quelque part. Une dizaine de pétards lui répondirent en claquant au loin dans la nuit.

C'est que Cristobal n'était pas seu-

lement le numéro dix de l'équipe nationale et le meilleur buteur du championnat, il était d'abord l'avant-centre de notre club. Cristobal venait d'ouvrir le score et, grâce à lui, si rien ne changeait au tableau d'affichage, nous allions remporter la Coupe du Monde.

Sur le terrain, après les embrassades d'usage, le jeu reprit. Les Blancs se jetèrent à corps perdu dans la bataille. Ils étaient sur tous les ballons, se dépensaient sans compter. Il ne leur restait qu'une demi-heure pour égaliser et jouer les prolongations. Le ballon volait dans tous les sens. Ce n'était plus une boule de cuir, mais une bombe. Enragés, les Blancs la poussaient devant notre but. Nos Bleus résistaient vaillamment.

Trop violemment aussi.

L'arbitre siffla un coup franc direct pour nos adversaires. Un Blanc, qui venait d'être projeté à terre, se tenait la cheville en grimaçant de douleur. Les soigneurs traversèrent le terrain à toutes jambes.

– Plus que vingt-six minutes... précisa Samuel, en regardant sa montre.

Mes deux camarades et moi, la ville entière, tout le monde retenait sa respiration, alors que le numéro neuf des Blancs installait son ballon.

– C'est Goz qui va tirer ! dit Samuel.

– Aidez-moi...

C'était une plainte à la fois discrète et inquiète. Elle ne provenait pas de la télé.

– Il est bon, Goz, c'est le meilleur ! cracha Éric.

– S'il vous plaît... recommença la voix.

– Vous n'avez rien entendu ? demandai-je.

– Arrête tes blagues, Matthieu, c'est pas le moment ! lança Samuel en se tordant nerveusement les poignets.

– Je vous assure, un bruit, du côté de la cuisine ! insistai-je.

Mais Éric et Samuel ne regardaient pas seulement le match, ils étaient *dans* le match. Pour eux, rien d'autre n'existait.

Goz frappa. Son boulet de canon frôla le mur bleu et trouva sa voie dans l'angle droit du but. À l'intérieur, derrière la ligne.

– Oh, non, c'est pas vrai ! hurla Éric en balançant son poing dans l'air de la pièce.

– Oh, non ! gémit toute la terrasse du café d'en bas.

Pendant les ralentis qui nous faisaient admirer sous tous les angles la superbe frappe de Goz, j'entendis à nouveau l'appel. Pas de doute, il provenait de la cour de l'immeuble. Assis à côté de la porte du salon, j'étais le mieux placé pour entendre cette petite voix qui implorait : « À l'aide, s'il vous plaît, aidez-moi ! »

deux

Arrêt de jeu

– L ES gars, je vous assure qu'il y a quelqu'un qui appelle dehors... murmurai-je en désignant la cuisine.

– Oh ! Ça va, Matthieu, si tu te crois drôle ! Ça ne te fait rien, toi, qu'ils aient égalisé ? marmonna Éric, sans me regarder.

– T'as qu'à aller voir, si t'en as marre du match ! ajouta Samuel. Il ne reste que vingt minutes... et puis, c'est chez toi ici !

Son irritation n'avait rien à envier à celle d'Éric. Je sentis bien que si j'insistais, mes deux amis étaient capables de me rendre responsable de ce but d'égalisation.

Les joueurs étaient déchaînés. À coups de sifflet, l'arbitre tentait de les calmer. Le commentateur de la télé s'époumonait en encourageant Cristobal et ses coéquipiers à se ressaisir. La rumeur des spectateurs dans le stade et au Café des Griffons avait changé, elle semblait plus grave, plus sourde.

À contrecœur, je me levai. En vitesse, pour ne pas perdre grand-chose du spectacle, je fonçai à la cuisine. Par la fenêtre ouverte, je jetai un coup d'œil rapide dans la cour de l'immeuble. Rien. Sinon les acclamations du match qui montaient de tous les appartements. J'avais rêvé. Muni d'une assiette pleine de gâteaux secs en prévision de la prolongation, je rebroussai chemin vers le salon.

– Alors, j'ai raté quelque chose ?

Mes deux amis ne jugèrent pas nécessaire de me répondre. Un corner pour les Blancs leur coupait toute envie de me faire le résumé de la minute qu'avait duré mon absence.

Le ballon décolla du coin du terrain pour atterrir sur une tête qui, aussitôt, fusilla le filet. De la terrasse du café, de partout, le même hurlement s'éleva.

Dans le salon, Éric et Sam avaient lancé ensemble un cri désespéré.

Mais juste derrière ces cris, durant les secondes qui suivirent, j'entendis à nouveau, venant de la cour :

– S'il vous plaît ! Aidez-moi !

Inutile d'en parler à mes amis, ils semblaient en deuil. Je retournai à la cuisine tandis que Samuel résumait la catastrophe :

– Plus que douze minutes !

– Et les arrêts de jeu ! précisa Éric d'un ton sec.

À mon premier passage, je n'avais regardé qu'en bas, dans la cour.

– Je suis là, mon garçon !

Je m'appuyai à la balustrade pour regarder en l'air, au-dessus de ma tête. Je crus d'abord à une hallucination. Le visage de notre voisine, Mlle Magne, se détachait dans la nuit étoilée. La lune lui dessinait une étrange auréole entre les oreilles.

– Qu'est-ce que vous faites là, mademoiselle ? bafouillai-je.

Mlle Magne, celle que tout le monde considère comme la grand-mère du quartier, était assise sur le toit de

l'immeuble. Elle semblait très soulagée d'avoir été repérée.

– Mon petit chat, Pirmil... il s'est échappé par le balcon ! J'ai voulu le récupérer mais... la porte de la terrasse, sur le toit, a claqué derrière moi ! Je suis enfermée dehors !

– Retournez vers la porte, je monte vous ouvrir !

– Merci, mon garçon, j'ai bien cru que personne ne viendrait !

Je retraversai le salon. Éric, la tête entre les mains, était blême. Le regard de Sam passait sans cesse de sa montre à l'écran.

– Je reviens tout de suite, les gars ! lançai-je.

– C'est foutu de toute façon ! murmura Sam, sans doute davantage pour lui que pour me répondre.

Je grimpai l'escalier qui mène au

grenier en pensant à cette pauvre Mlle Magne. Elle avait dû désespérer en appelant dans le vacarme du match. Une minute, tout au plus, et je serais de nouveau avec mes amis pour vivre les derniers moments de cette finale de coupe.

Après avoir atteint le grenier, j'ouvris la fameuse porte donnant sur le toit.

– Mademoiselle Magne ?

Personne.

Je scrutai le toit. Des bords de la petite terrasse, il descendait en pente, d'un côté vers la cour, de l'autre vers la rue. Je m'assis sur les ardoises pour me laisser glisser tout doucement sur les fesses jusqu'à la verticale de ma fenêtre de cuisine. Je songeai en souriant que ce qui était un jeu d'enfant pour mes douze ans avait représenté un véritable exploit pour la vieille dame. Elle n'avait sans doute pas pu remonter.

Une explosion joyeuse déchira la nuit. Accompagnée aussitôt d'autres cris et d'une sonnerie de clairon.

– IL Y EST !!! IL Y EST !!!

Partout, la ville applaudissait les Bleus. Je compris que nos joueurs venaient d'égaliser et d'arracher les prolongations au dernier moment. Dans quelques instants, il fallait que je sois dans le salon avec Éric et Sam, pour ne rien rater de cette fin de match historique.

– Mademoiselle Magne ! C'est Matthieu, je suis là ! Hou ! hou !

Ce fut la porte de la terrasse qui me répondit. Comme une gifle, elle claqua dans mon dos alors que j'arrivais à l'endroit où la voisine aurait dû se trouver. Inutile de revenir en arrière, à présent la voie était fermée.

En bas, ça continuait à chanter : « Il y est ! Il y est ! », mais Mlle Magne, elle, n'y était pas...

Je scrutai encore le toit, en l'appelant. En vain.

Je pensai que moi aussi, j'allais jouer les prolongations, et pas dans mon salon, avec deux copains.

trois

Prolongations
en hauteur

C'EST haut quatre étages !

Surtout quand on les observe du
bord d'un toit ! D'ici, le puits de la
cour ressemblait à un gouffre vertigi-
neux.

– Mademoiselle Magne !!!

Ma voix a ricoché en bas de
l'immeuble. Elle se perdait au milieu
du tumulte des postes de télévision.
C'était le tunnel des publicités, avant

le début de la première prolongation.
Mais j'avoue qu'à cet instant, je ne
pensais plus vraiment à la finale.

Pendant que je grimpais lui ouvrir la
porte, la vieille dame était tombée !
C'était la seule explication à son
absence sur le toit.

Il faisait trop sombre pour que je dis-
tingue quoi que ce soit. Avec effroi,
j'imaginais le corps de cette pauvre
Mlle Magne disloqué par l'impact de
sa chute. J'ai pensé à son sourire, à
chaque fois qu'elle me croisait dans
l'escalier. J'ai pensé que la vie était
injuste et qu'elle était morte par amour
pour son chat.

Je voulais quitter ce toit mais, à mon
tour, comme un imbécile, je m'y étais
laissé enfermer.

– Érrriiic !!!... Saaammm !!!...

J'eus beau m'égosiller, seuls les cris

du commentateur et la puissante rumeur de la foule, à la télé, occupaient à nouveau l'espace. J'aurais peut-être plus de chance de me faire entendre si je retournais cogner contre la porte métallique de la terrasse. La cage d'escalier ferait caisse de résonance et, ainsi, je pourrais attirer l'attention de quelqu'un.

Je commençais à remonter le long du câble du paratonnerre lorsque j'aperçus deux yeux brillants. Pirmil !

Le chaton de Mlle Magne était là, juché sur un mur de briques d'où émergeaient les cheminées de l'immeuble. Il a miaulé plusieurs fois. À l'évidence, il était grimpé trop haut et n'arrivait plus à redescendre.

Sans l'aide du câble, la progression était plus difficile et c'est à quatre pattes que j'ai réussi à atteindre le muret des cheminées. Je me suis redressé en m'accrochant aux briques de la paroi. Le moindre faux pas et je basculais en arrière, dans le gouffre !

– Viens, saute ! Pirmil ! Allez !

Petite boule fauve, il me fixait mais ne bougeait pas.

– Allez, les Bleuuuuus !!!

En bas, le match s'animait. Un coup franc ? Un penalty ? Je m'en moquais à présent, mais comment ne pas entendre ce brouhaha qui résonnait partout ?

– Viens, Pirmil ! Viens !

Pirmil m'a tourné le dos.

Sur le terrain de la finale, ce devait être un penalty. La foule retenait son souffle. Un Bleu ou un Blanc, le tireur ?

Moi, c'est un chaton orangé que je voulais voir s'élancer vers mes bras tendus dans sa direction.

– Pirmil !

Non seulement cet idiot m'avait tourné le dos, mais il s'apprêtait à sauter de l'autre côté du mur.

– Oh, non ! a hurlé le public.

– Mais non, pas par là, Pirmil ! ai-je crié.

Le chaton venait de bondir au pied des cheminées, en direction du toit de l'autre bâtiment. L'écho des spectateurs enragés semblait l'encourager. Sa maîtresse l'avait cru en danger sur les toits, il y était bien plus à l'aise que n'importe qui. Mais pourquoi s'enfuyait-il ainsi ?

Pour l'attraper, il me fallait contourner les cheminées. J'ai hésité. Le bord du mur arrivait à l'aplomb de la pente la plus raide du toit et l'expédition devenait vraiment périlleuse. J'ai entendu Pirmil miauler à nouveau. Il

ne devait pas être loin, juste à l'angle du muret, mais de l'autre côté des cheminées. Il fallait monter encore et redescendre. Son miaulement se perdait dans la rumeur du match, pourtant je sentais qu'il m'appelait. À quatre pattes, j'ai réussi, en me collant le plus possible aux briques, et sans regarder en bas, à contourner l'obstacle. Pirmil m'attendait. Lorsqu'il m'a vu, il a obliqué lentement vers le bas de ce toit qui plongeait raide entre les antennes de télévisions.

– Ouuii !!! Buutt ! a hurlé quelque part une armée de supporters et de commentateurs.

Les Bleus menaient et Pirmil, lui, m'avait mené où il voulait. Le temps que mes yeux s'habituent à l'obscurité, j'ai découvert Mlle Magne étendue à un rien du bord du toit. En remontant vers la porte de la terrasse, elle avait dû essayer de récupérer son chat de ce côté, et c'est ici qu'elle avait glissé. Comme peut-être tous les supporters des Bleus, j'ai poussé un grand soupir de soulagement. Mais en progressant doucement vers ce corps inanimé, je ne savais pas à quel point ma partie n'était pas encore terminée.

quatre

Plongeon du goal

– ON VA gaaagner ! On va gaaagner !
chantaient la ville et le stade.

C'était pendant la mi-temps, avant le
dernier quart d'heure. À nouveau ça
hurlait : « Cristobal ! » Notre Bleu
devait être l'auteur du deuxième but.

– Mademoiselle Magne ! Hé, Mademoiselle ?

Morte ou évanouie ? Une vilaine
tache de sang couvrait le bas de sa che-
velure argentée. Après avoir roulé sur

une dizaine de mètres, elle avait été stoppée, à quelques centimètres du grand plongeon, par une antenne de télé dans laquelle s'était accroché son pied. Elle était allongée la face contre le toit et je dus m'y reprendre à deux fois pour réussir à la retourner afin de vérifier sa respiration. Son souffle était si faible, le temps pressait et il me fallait des secours !

J'ai hurlé « À l'aide !!! » à plusieurs reprises, mais sur cette partie du toit, nous étions encore plus éloignés des appartements. Seul Pirmil répondit, en venant se blottir contre la hanche de sa maîtresse.

– Plus que dix minutes ! cria d'une voix hystérique le commentateur de la télé.

La clameur du stade s'intensifia un peu plus.

Je me relevai pour foncer rejoindre la porte de la terrasse mais, tout à coup, je sentis un mouvement dans mon dos... Je tournai la tête... Le corps de Mlle Magne glissait peu à peu vers le vide ! En bougeant son corps, j'avais dégagé son pied du support de l'antenne. Elle partait vers la gouttière, tête en avant !

Mieux que le meilleur goal du monde, j'ai plongé sur les ardoises et je l'ai saisie par la jambe. Juste à temps. Ses cheveux volaient déjà au-dessus du vide.

À plat ventre, la tenant fermement, j'ai hurlé, braillé, appelé, beuglé tout ce que j'ai pu, mais j'étais seul au monde au milieu de cette nuit. Dans quelques minutes, si les Bleus gagnaient la finale, allait sans doute exploser le plus assourdissant concert de klaxons, pétards et clairons. Je me mis à espérer que les Blancs égalisent à nouveau, et qu'un peu de silence permette qu'on m'entende.

J'avais beau m'époumoner, personne ne répondait. Et Sam et Éric, ils ne s'inquiétaient donc pas de mon absence ? Ce match que j'avais tant attendu, à présent il me dégoûtait !

– Il faut tenir ! cria le speaker dans les postes de télé.

Gros malin ! Et moi, j'allais devoir tenir combien de temps ainsi ? Une vie ne tenait qu'à mes bras, et Mlle Magne avait beau être bien maigrelette, je sentais que mon effort allait vite devenir insupportable. Et puis, comme si ce n'était pas suffisant, certaines des ardoises que j'avais brisées en plongeant s'enfonçaient dans mon ventre.

Les ardoises ? Pourquoi pas !

J'ai réussi à passer un de mes pieds dans le câble de l'antenne et, au prix d'une traction épuisante, j'ai remonté un peu Mlle Magne. Ce n'était pas grand-chose, mais ainsi, elle semblait en meilleur équilibre, et je pouvais la tenir d'une seule main pour éviter qu'elle ne glisse à nouveau vers la cour.

De l'autre main, à tâtons, j'ai attrapé plusieurs morceaux d'ardoise. J'ai commencé à les balancer un peu au hasard sur le mur d'en face. Elles explosaient contre les pierres sans couvrir le tumulte assourdissant de la fin du match.

– On va gagner ! chantait à tue-tête tout l'immeuble.

J'ai répété l'opération. L'effort était exténuant, autant pour ma main gauche, qui maintenait Mlle Magne, que pour mon bras droit, avec lequel je lançais les projectiles.

J'ai recommencé, je ne sais combien de fois. Enfin, une fenêtre a éclaté au troisième étage, de l'autre côté de la cour. J'ai continué à lancer ce qui me restait d'ardoises dès que j'ai aperçu une jeune femme se précipiter dans sa cuisine.

– Non mais, ça va pas ? Espèce de...

Je ne sais pas si c'est exactement ce qu'elle m'a crié, mais son poing levé dans la lumière disait exactement cela. L'explosion de joie a éclaté au moment où elle abaissait sa main sur sa bouche, comme pour étouffer un cri. Elle venait de comprendre sa méprise, et l'urgence de la situation.

Partout ça chantait : « On a gaaagné ! C'est nous les champions ! On a gaaa-gné ! »

Une véritable folie ! Moi aussi, j'avais gagné, même s'il me fallait tenir encore un peu avant l'arrivée des secours.

Il y a eu des pétards et un feu d'artifice. Je peux dire que j'ai vu les premières fusées de très près, depuis mon perchoir...

Les dernières, je les ai loupées et c'est tant mieux ! J'étais assis dans le salon à raconter mon histoire aux pompiers. Ils venaient de ranimer Mlle Magne et de lui nouer autour du crâne un gros bandage qui la faisait ressembler à un fakir.

Pendant ce temps, Sam et Éric, dans le dos des pompiers, me soufflaient en riant :

– T'aurais vu cette fin de match, Matthieu ! Une finale complètement dingue !

Et moi, je pensais : « Je sais, les gars, je sais. Une finale... au sommet... »

Table des matières

Hubert Ben Kemoun

Depuis plusieurs années, il rédige des histoires pour la radio, la télévision ou le théâtre. Il fabrique aussi des grilles de jeux pour les journaux. Enfin il écrit des livres pour les enfants, les petits comme les plus grands. Peut-être fait-il tout cela parce qu'à l'âge de Matthieu il ne courait pas assez vite sur les terrains de foot ? Peut-être aussi a-t-il inventé cette aventure sur les toits parce qu'il est extrêmement sujet au vertige ? On n'en saura pas davantage…

François Avril

Il a 37 ans, il aime Paris, Tokyo, New York, la Bretagne, le vélo, la marche, l'automobile, le tweed, les chemises en popeline, les souliers cirés, les bougies, le bon vin, la peinture, les livres, ses trois filles, et Dominique, bien sûr !

DANS LA MÊME COLLECTION

DANS LA MÊME COLLECTION

Christian Grenier
Le château
des enfants gris

Parfaite
petite poupée

Thierry Lenain
L'amour
hérisson

Trouillard !

Loin des yeux,
près du cœur

Jean-Marc Ligny
Le clochard Céleste

Gérard Moncomble
Prisonnière
du tableau !

Michel Piquemal
L'appel
du Miaou-Miaou

Benjamin
et son papa géant

La mer a disparu

Éric Sanvoisin
Le buveur
d'encre

Une paille pour deu

Le nain et
la petite crevette

Natalie Zimmermann
Un ange
passe

Yeux de vipère

N° d'Editeur : 10045135 - (I) - (7) - CSBTS 170 – Dépôt légal : mars 1998
Impression et reliure : Pollina s.a., 85400 Luçon - n° 74266
Conforme à la loi n° 49956 du 16 juillet 1949
sur les publications destinées à la jeunesse.
ISBN 2.09.275036-4